Concepción gráfica : zaoum

Primera edición: febrero del 2000

© 1999 by Casterman SA, Tornai. Belgium
© 1999, La Galera, SA Editorial,
por la edición en lengua castellana

Impreso en la UE
Título original francés: *Qu'est-ce que tu aimes?*
Traducción: Marco Ramírez

La Galera, SA Editorial
www.enciclopedia-catalana.com
lagalera@grec.com
ISBN 84-246-7951-2

Claudia Bielinsky

¿Qué te gusta hacer?

laGalera Uki

A Julian y a su padre

Correr solo tras los pájaros,

y también con mi papá.

Pasear solo,

Me gusta mucho…

y también con Toby.

Ir solo a la escuela,

y que mi mamá me vaya a buscar.

Pintar solo,

y también con mis amigos.

Comer solo,

y que mi mamá me corte la carne.

Jugar en mi habitación solo,

pero no me gusta tener
que ordenarla solo.

Me gusta ver la televisión solo,

y de vez en cuando con mi papá.

A veces me gusta beber en biberón,

pero no cuando está Toby…

Me gusta que todos mis amigos
vengan a mi cumpleaños,

pero sólo yo abriré los regalos.

Me gusta ir en bicicleta muy deprisa

si mi papá está cerca.

Me gusta quedarme a dormir
en casa de Toby,

pero prefiero dormir con mi osito.

Me gusta vestirme solo,

y que mamá me ayude con los botones.

Me gusta construir un carro solo,

y también jugar con mi hermanito.

Me gusta ponerme el anorak solo,

y que mi abuela venga a pasear conmigo.

Me gusta ducharme como los mayores,

pero también bañarme con mi hermanito.

Me gusta mirar mis libros solo,

pero me encanta que mi abuelo
me lea un cuento.

Me gusta estar solo en mi cama,

y también en la de mis padres
un domingo por la mañana.

Me gusta ser grande con los pequeños,

y también ser pequeño con los grandes.

Me gusta estar solo,

¡y también con todos vosotros!